KB037832

내 안의 붉은 사막

詩畵集

강기원이 쓰고 이창분이 그리다

달아심

[발문]

존재 속의 부재, 부재 속의 존재

박제영 /시인

봄

　봄은 생기(生氣)의 계절. 생동의 기운을 느끼며 세상에 없는 그림 시집을 엮습니다.

　강기원 시인, 이창분 화가, 두 분께 고마움을 먼저 전합니다. 달아실출판사는 이제 갓 시작한 출판사이고 춘천이라는 변방의 작은 출판사인데, 그럼에도 흔쾌히 저희에게 출판할 수 있는 기회를 주셨습니다. 더 좋은 출판사, 더 큰 출판사에서 책을 낼 수 있었음에도 말입니다. 그래서 정말 세상에 없는 그림 시집을 만들려고 최선을 다했습니다만, 결과는 결국 또 독자의 몫이겠지요.

여름

　강기원 시인의 시는 모든 것을 품어버리는 여름의 녹음(綠陰)입니다.

　시의 길을 함께 걷는 도반으로서, 독자로서 저는 강기원의 시를 무척 오랫동안 봐왔습니다. 그의 시는 이질적인 성질들(영성과 세속, 차안과 피안, 실제와 상상, 삶과 죽음, 에로스와 파토스, 성(聖)스러움과 성(性)스러움, 영혼과 육체, 추함과 아름다움, 미각과 후각, 청각과 시각 등)이 반죽되고 뒤섞여 있고, 그의 언어는 그 경계를 수시로 무너뜨립니다. 무엇보다 그의 시는 무시로, 수시로 무의식을 건드리고, 마주하고 싶지 않은 타자(내 안팎의)를 마주보게 하기도 합니다. 그래서 그의 시는 불편하기도 하지만 그런데 실은 그것이 강기원 시의 매력입니다.

가을

이창분 화가의 그림은 마침내 노랗게 붉게 물드는 가을의 단풍입니다.

이창분 화가의 그림은… 실은 이번에 처음 보았습니다. 사실 그림에 관한 한 저는 무녀리요 무지렁이요 문외한입니다. 그림을 해석하거나 좋고 나쁨을 식별할 만한 눈을 아직 갖지 못했습니다. 그러니 그림을 논한다는 건 어불성설입니다. 다만, 제가 느낀 어떤 '감(感)'을 얘기하려고 합니다. 이창분의 그림을 보면서 저는 형상(形象)보다 색(色)이 먼저 느껴졌습니다. 어떤 풍경은 초록색으로 어떤 풍경은 노란색으로 또 어떤 풍경은 붉은색으로…. '어디'보다 중요한 것은 색입니다. 정물도 마찬가지입니다. '무엇'보다 중요한 것은 바로 색입니다. 화가가 그림을 통해 드러내고 싶었던 것은 색이 품고 있는 어떤 상징이 아닐까. 그런 느낌이 확, 들어왔습니다. 그런 감을 통해 다시 그림을 보니 문득 강기원 시인의 시와 묘하게 닿은 느낌입니다.

겨울

겨울은 봄도 여름도 가을도 하얗게 덮어버립니다. 겨울은 모든 색, 모든 형상, 모든 계절을 덮어버립니다. 존재하지만 부재하고, 부재하지만 존재하는 계절입니다. 겨울이 신비한 까닭입니다.

강기원의 시는 글로 쓴 그림이고, 이창분의 그림은 물감으로 그린 시입니다. 그 둘이 만나 시가 그림을 덮고, 그림이 시를 덮었습니다. 시가 그림에 섞이고, 그림이 시에 섞입니다. 그 반죽이 마침내 발효가 됩니다.

이제 이 그림 시집을 열면, 포도에서 나왔으나 포도주와 포도는 전혀 다른 것이듯, 그림과 시에서 나왔으나 그림 너머, 시 너머의 색과 향을 지닌 세상에 없던 '무엇'이 당신 앞에 펼쳐질 테지요. 그럼 음미하시기 바랍니다.

차례

3부. 가을

4부. 겨울

5부. 퍼스나

에필로그

Supplement 부록

내 안의 붉은 사막

詩 畵 集

강기원이 쓰고 이창분이 그리다

달아실

봄

강기원이 쓰고
이창분이 그리다

經

벗은 허물
뒤돌아보지 않고

없는 발과
없는 날개로
사라진
푸른 뱀아

내 화사한
경전아

봄날
갈라진
숲길에
서서

허물뿐인
탈피할 수 없는 내가

너를 읽는다

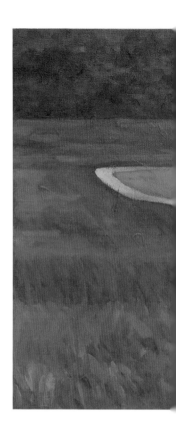

여행

네게로 가는 길이 너무 많아
나는 모든 길들 사이에서
길을 잃는다
어리둥절한 우체통을
길 가운데 세워 놓는다
나침반과 시계를
하늘에 단다
눈먼 새 앉아 있는
풍향계는 무풍지대에 놓기로 한다
철길 건널목의 차단기 내려지고
경고음 울려도
지나가는 기차 한 대 없다
내 안의 물고기를 세워 놓고
나는 옆으로 눕는다

긴 여행이 될 것이다

대성당

욱신거리는 관자놀이 속의 지구

지구의 거대한 두개골 속에 담긴 푸른 뇌수

뇌수 속 발효하는 구름

구름 속 잘린 목처럼 내걸린 태양

태양의 대동맥이 흘리는 노을

노을의 잔 들이켠 황도대 짐승들의 취기

취기를 뿜어내는 성좌

성좌의 부스러기들이 쏟아져 나오는 금 간 눈알

눈알을 비비며
태고의 공복감으로 쓰린
배를 쓸며
다시 태어나기 위해
내 안의 대성당
그 녹슨 빗장을 여는 캄캄한 새벽

비자나무 숲

안개 자욱한 숲 속을
맨발로 걸어갔어
아니야 아니야
넌 아니야
술렁대는 榧子 이파리들

모래바람 늑골에 쌓이는
내 안으로도
무수히 내리는 아닐 非
그러나 귀 막지 않고 눈 감지 않은 채
더 깊이 들어갔어

하늘이 보이지 않아
팔백 살 비틀어진 둥치
아나콘다 같은 아랫도리에서
돋아 오르는 독버섯들
발을 멈췄어
소리의 근원을 찾아낸 듯이

이상한 일이야
天南星의 습성으로
오랫동안
옹이로 굳어 있던
내 깊은 곳
알 수 없는 뭉클거림이
번져 나고 있어

봄날의 도서관

이곳엔 새 책뿐이야
책장을 열면 글자가 사라지지

'새'를 뽑아 들자
짝짓기하던 한 쌍 곁을 나란히 해 날아오르고
'내'를 펼치자
혀 풀린 벙어리처럼 소리 내며 흐르는 여울
'결'을 찾아보자
어디선가 다가와
돌결, 살결, 숨결, 소릿결, 나뭇결, 물결……
의 주름을 펴는 저 명지바람
'흙'은 부풀 대로 부풀어 하늘과의 경계를 지우고 있어
아지랑이 지우개로

늙을수록 지평선 커지는 어느 봄날의 도서관
반백 살의 어린아이가
수없이 보아 온 책들의 낯섦 앞에서
캄캄하게 환한 갈피 사이에서
홀로 돌아 나오는 길을 잃네

침묵의 지진계
그 미세한 떨림도 모르는 채

너무나 조용한 소풍

한 떼의 아이들이 몰려온다
기이하게 고요한

다만
일그러지고 환한 웃음들
비척이며 즐거운 걸음들

뇌성마비
다운증후군
자폐아
소아마비
서로 팔짱을 끼고
어깨를 두르고
온몸 비틀며
조용히
활기차게

반은 춥고
반은 따뜻한
이율배반의
그러나 어쨌든 화사한
봄날,

편지

나는 네게 글을 보내지 않았다

바다는 가장 난폭한 순간에 정지해
바위를 세우고
나는 외눈처럼 외로운 시간에
내 가장 깊숙한 뼈를 뽑아 든다
검은 피 찍어 쓰는 뼈의 붓 한 자루

나의 필법은
일필휘지의 유려함이 아니라 눌변의 온박음질
처음 재봉틀 앞에 앉았을 때
자꾸 우는 천 위에서 튕겨 나가던 바늘
그런 보법으로
내 살가죽에 한 땀 한 땀 새기는 쐐기 문자

먼 데 바다가 운다, 주름을 잡으며 운다
살가죽이 운다, 우그러진다
서툰 바늘 아래서 소리도 없이 울었던 천처럼
내출혈의 밤들
파지를 만들 듯 수없는 나를 구겼다 버리며
가까스로 한 장의 편지를 완성한 날

네게 보낸 건 글이 아니었다
파피루스보다 오래되고 얇아진
이미 설화가 된 나

미모사

트리플 A형이야
예민한 밤의 촉수
숫기 없는 심장
그러나 도도한 수줍음
달아오르기도 전에 움츠러들기
아니, 농익은 종기
벗겨진 딱지
온몸이 뇌관인 거지
건드리지마
그저 혼자라야 해
내버려두면
상처 따위 없는 듯
엄살도 없이
잎 피고 꽃 피고
사랑을 주려거든
멀리서
인 듯 아닌 듯
본 듯 안 본 듯
그렇게
머얼리서
(아주 멀게는 말고)

달거리가 끝난 봄에는

머리부터 발끝까지
두근거리는 자궁이 되는 거야
중년의 처녀막*
기꺼이 찢어 내고
아지랑이의 젖물
보얗게 채우는 거야
부푼 아기집 속에
내가 들어가
다시 태어나는 거야, 무럭무럭 자라는 거야
비늘로, 날개로, 메아리로, 그림자로, 천둥으로……

혼자서도 울리는
북이 되는 거야
금 화살 같은 햇살에
골반을 파고드는 소소리바람에
물고기의 혼인색에
위 아래 뻥 뚫리고도 모자라
자꾸자꾸 숭숭
구멍 뚫리는 거야

그물코 없는 그물이 되는 거야
무엇이 걸리고
무엇이 빠져나가든
내버려두는 거야, 이 봄엔

* 레이몽 끄노의 싯귀에서 인용

나는 불안한 샐러드다

투명한 보울 속에 희고 검고 파랗고 노란, 붉디붉은 것들이 봄날의 꽃밭처럼 담겨 있다. 겉도는, 섞이지 않는, 차디찬 것들. 뿌리 뽑힌, 잘게 썰어진, 뜯겨진 후에도 기 죽지 않는 서슬 퍼런 날것들. 정체불명의 소스 아래 뒤범벅되어도 각각 제 맛인, 제 멋인, 화해를 모르는 화사한 것들. 불온했던, 불안했던, 그러나 산뜻했던 내 청춘 같 은 샐러드. 샐러드라는 이름의 매혹적인 불화 한 그릇 입 속으로, 밑 빠진 검은 위 장의 그릇 속으로, 생생히 밀려들어 온다. 나, 언제나 소화불량이다. 그 체증의 힘으 로, 산다, 나는. 여전히, 내내, 붉으락푸르락 샐러드. 나는 불안한 샐러드다.

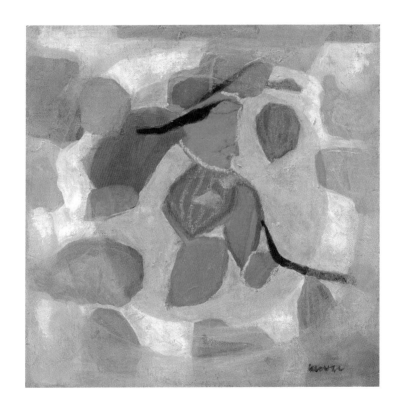

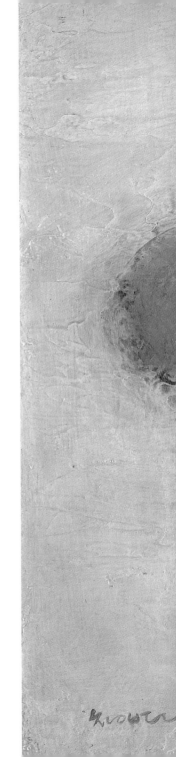

그로테스크한 꽃

열두 번째 별자리의 정기로 태어나는 꽃
나무마다 한 송이씩 스스로 우는 꽃
내 캄캄한 피 속에서 피어날 불꽃
내 너를 고이 따 깊은 동이 속에 쓸개즙과 함께 버무리리라
그로테스크한 꽃이여

여름

이창분이 그리고
강기원이 쓰다

섬

날고 싶은 섬 한 마리가 있다

지느러미 없이 헤엄쳐 가고 싶은 섬 한 마리가 있다

덫에 걸린 매처럼 때때로 푸드덕거리는 섬

연자 맷돌 메고 비상하려는 섬

일몰의 두근거리는 선홍빛 명사십리

바다도 어쩌지 못하는

섬 한 마리

내 안에

있다

지중해의 피

너무나 큰 젖먹이 짐승

배고픈 아이를 앞에 둔

부끄럼 없는 어미처럼

수백 개의 젖무덤 당당히 풀어헤친

지중해

이목구비 없이 젖가슴뿐인 바다

대륙붕의 넓은 띠로도

탱탱히 불은 가슴 동여맬 수는 없다

리아스식 해안의 만을 감싸는

부연 젖물의 새벽 안개

바다의 검은 유두를 물고

솟아오르는 흰죽지갈매기 떼!

바다 곁에서

목마른 나여

먹어도 먹어도 허기지는

아귀 같은 나여

허기의 지도 따라

바닥짐 버리고 여기까지 온

나여

최초의 비린 맛인 저

미노아의 젖멍울에

갈라 터진 입술을 대리

맨발의 푸른 자맥질로

내 피 전부를

지중해의 피로 바꾸리

천둥벌거숭이

크레타의

파랑(波浪), 파랑, 파랑이 되어

바다로 가득 찬 책*

네가 한 권의 책이라면 이러할 것이네
첫 장을 넘기자마자 출렁, 범람하는 물
너를 쓰다듬을 때마다 나는 자꾸 깎이네
점점 넓어지는 틈 속으로
무심히 드나드는 너의 체온에
나는 녹았다 얼기를 되풀이하네
모래펄에 멈춰 서서 해연을 향해 보내는 나의 음파는
대륙붕을 벗어나지 못하고
수취인 불명의 편지처럼 매번 되돌아올 뿐이네
네가 베푸는 부력은 뜨는 것이 아니라
물밑을 향해 가는 힘
자주 피워 올리는 몽롱함 앞에서 나는 늘 눈이 머네
붉은 산호(珊瑚)들의 심장 곁을 지나
물풀의 부드러운 융털돌기 만나면
나비고기인 듯 잠시 잠에도 취해보고
구름의 날개 가진 습새처럼
너의 진동에 나를 맡겨도 보네
운이 좋은 날,
네 가장 깊고 부드러운 저장고, 청니(靑泥)에 닿으면
해골들의 헤벌어진 입이 나를 맞기도 하네만
썩을수록 빛나는 유골 앞에서도
멈추지 않는 너의 너울거림
그 멀미의 진앙지를 찾아 그리하여
페이지를 펼치고 펼치는 것이네, 그러나
너라는 마지막 장을 덮을 즈음
나는 보네, 보지 못하네
네, 혹은 내 혼돈의 해저 언덕을 방황하는
홑겹의 환어(幻魚) 지느러미

* 라니 마에스트로(Lani Maestro)의 사진집

블루

흐린 정오의 전시실
벽면 한 쪽을 다 차지한
블루 앞에
여자가 선다
숨죽인 채
깊이를 알 수 없는 블루를 바라본다

　　　청어를 부르는 고래의 노래 소리 울려온다
　　　산호의 유골들 건드리며
　　　바다를 뚫고 솟구치는 청어 떼
　　　시리고 비린 냄새 끼쳐 온다
　　　노래의 뿌리는 물의 심연으로 뻗어 내려
　　　교미 중이던 암거북이
　　　제 짝을 떨군다
　　　입안 가득 알을 물고 다니던
　　　아로와나, 벌어진 입 사이로
　　　암컷이 슬어 놓은 알들을 다 놓친다

블루는
알몸의 여자를 삼킨다
전시실은 다시
텅
빈다

月牙泉

알고 계시나요
눈동자 없이
눈썹만으로 우는 여인
사막의 석양 아래
함부로 떨구지 않는
붉은 눈물
머금고만 있는 여인
알고 계시나요
자신의 늑골 밟고 가는
거친 발굽들
천 년 동안 어루만져 보내는
여리고 단단한 가슴
알고 계시나요
하룻밤 사이 돌변하는
변덕스런 사내들 고스란히 견디며
소리내지 않는 모래 울음
당신 귓속에 조심스레 붓고 있는
사막의 문둥이 같은 그 여인

무화과를 먹는 밤

죄에 물들고 싶은 밤
무화과를 먹는다

심장 같은 무화과
자궁 같은 무화과

발정 난 들고양이 집요하게 울어 대는 여름 밤
달빛, 흰 허벅지

죄에 물들고 싶은 밤
물컹거리는
무화과를 먹는다

농익은 무화과의
찐득한 살
피 흘리는 살

아플리케

너와 나를
꿰맬 수 있는 바늘이 있으면 좋겠어
너의 심장에
내 심장을 덧대어
지그재그로 박는 거지
서로 풀리지 않게
한 땀 한 땀 힘주어
그러나 네 원단은 질기고 질겨
내 연한 살덩이가
자꾸 밀려나는구나
시간의 시침 바늘로 눌러 놓아도
펄떡이는 네 심장을
다소곳한 내 심장으로 덮기란
정말이지 쉽지 않은 일
디룩거리는 네 눈알도 마찬가지
너만 바라보는 내 검은자위를
수시로 돌아가는 팔색조의
네 눈동자에 덧붙인다는 건
어떤 재봉틀로도 불가능한 일
온도도 굵기도 다른
너와 나의 핏줄
날줄, 씨줄로 삼아
힘겹게 꿰매 놓은
우리 몸뚱이
그래서 그런 거지
하나가 된 둘 사이에서
올 풀리듯
자꾸 피가 새어 나가는 건

그린티 아이스크림

달콤 쌉쌀함,
이게 나의 컨셉이야
짙은 안개와 경사진 언덕
사이에서 태어났지
큰 일교차의 변덕스러움과
채취 3일 전 99% 햇빛 차단의
까다로운 공정을 거쳤어
느끼함을 좍 뺀 신선한 밀크와의 만남은
운명이자 필연

당신의 세련된 입맛을 위해
차가우나 부드러운
물론 끈적거리지 않는
먹을수록 자꾸 먹고 싶어지는
매혹적이나 그대 숨결 닿자마자 사라지는
그윽해도 끝까지 들켜 버리지는 않는

그래, 상큼하나 앙큼한
한없이 세심하게 음미해줘야 하는
그린티 아이스크림 연인이지

처서

망초 꽃잎 속에 상제나비가 꽂혀 있다. 날개 달린 서표

당신이 서표를 건넸을 때 난 그것을 책에 꽂지 못하였다. 심장 속에 날개 접은 나비처럼 가만히 꽂혀 있는 서표. 나비인 줄 알았더니 차라리 단도다. 마음이,

조금씩 움직이려 할 때마다 그것은 서슴없이 찔러 댄다. 약속을 환기시키듯, 조용히 그러나 엄하게 꾸짖듯. 때로,

그것은 당신의 손바닥처럼 차가운 심장을 쓰다듬기도 하나 보다. 처서의 가슴 위에 손을 얹으면 겹쳐지는 서표의 서늘한 촉감. 곧 제 리듬을 되찾은 심장을 놓아주고 난 그만 단풍처럼 나른해진다

가을의 부적 같은 상제나비
부적의 무늬는 망초 꽃술 마른 핏빛
부적의 위안과 경고

나비와 단도와 손바닥의 부적
사이에서 날들이 흘러간다. 저승으로 흐르는 강물처럼

망초의 마음이 되어 나비를 바라본다. 망자의 발자국을 남겨 놓고 쉬 떠나갈 상제나비의 마음은 외면한 채, 저도 아프리라, 아프리라 중얼거려 보는 것이다.

장미의 나날

그 동네에선 우리 집 장미가 제일 붉었는데요
그래서 사람들은 집집마다 장미가 있었지만
유독 장미집이라 부르곤 했는데요
식구들이 모두 단잠에 빠져든 밤
아버진 휘늘어진 넝쿨 밑동에
아무도 모르는 거름을 붓곤 했는데요
나 홀로 깨어 아버지의 일거수일투족을 지켜보았는데요
비밀스런 겹겹의 꽃잎은 뭉게뭉게 자꾸 피어나고
장미가 붉어지는 만큼 나와 동생은
자꾸 핼쑥해져 갔는데요
그러고 보니 엄마의 낯빛도 갱지처럼……
이상한 건 향기였지요
수백 수천 송이가 울컥거리며 피워 내는 피비린내
마당을 넘어 집 안까지 기어든 넝쿨은
소파를 뚫고 곰팡이로 얼룩진 벽을 타고
생쥐가 들락거리던 아궁이 속에서도 붉게 검붉게
소문 같은 혓바닥을 내밀기 시작했는데요
그 무렵 우린 아버지의 주문 따위 필요 없이
스스로 나무 밑동으로 걸어가 누웠던 거지요
걷지 못하는 동생이 제일 먼저 다음엔 순진한 엄마가
그리고 의심 많은 저까지
오로지 담의 안팎으로 풍성히 늘어질 장미를 위해서 말이에요
장미 뒤에서 무슨 일이 벌어지는지 아무도 모르게요

비

비는 悲다
내 안에서 자주 범람하는

비는 非다
한 남자를 사선으로 지워 버리는

물의 박음질인 걸
따로따로였던 머리와 가슴, 몸통과 다리 하나로 엮어 주는

무엇보다 비는 타악기인 거지

늘어진 가죽자루처럼 살아온 내게
물의 채를 들고 다가와
늑골 팽팽히 당겨 두드려 대니

가을

강기원이 쓰고
이창분이 그리다

가을에게

가을에
거울을
본다
기슭에
나를
대어 본다
올려 놓는다
되돌아오는
나를
되돌아 보는
거울 속에서
지워 낸다
이제
곧
돌아설
가을이
함께
있다

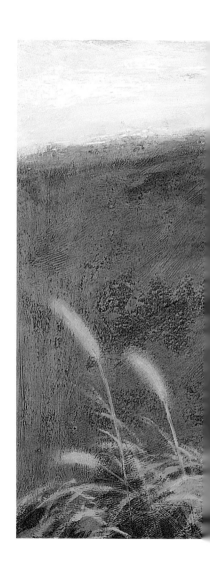

덩굴손

머리도 없다

가슴도 없다

발도 없다

물론 오장육부도

영혼도 없다

오직 하나뿐

손!

벽을 넘어뜨리며 죽으리라

南無

내가 한 그루 나무인 줄 이제야 알았네
둥치께에 옹이로 맺힌 복숭아뼈

때로 열매 맺고 꽃 피었어도
단풍의 身熱에 들뜬 그때에도
내 안에 체관과 물관 있음을 모르고 지냈네

머물렀다 떠나는 날개 달린 것들
품 새로 들락거리는 계절풍
식물성의 영혼도
나무 아니, 나, 無인 연유였네

바다가 옆으로 누운 폭포라면
나는 서 있는 수평선

흔들리며 그러나 다시 멈추어
시든 잎, 그마저 모두 내어 주고
삭풍에 알몸으로 견디는 바 없이 서 있는 거네

비를 만나 비가, 눈 아래 눈이
그래서 가끔씩 구름의 집도
바람의 어미도 아내도 되어 보는 거네

내 안의 붉은 사막

'02. 라면바란

뭉게구름

당연, 달콤했죠

말랑거렸구요

보드라웠어요

발라낼 것도, 씹을 것도 없이

한아름이었는데

환상적이게 끈적했는데

눈앞을 다 가렸는데

무언가 먹긴 먹었는데……

이상하죠

왜 자꾸 배가 고프죠?

새

그는 내게 나무를 그려 보라 했다

잎새들을 땅에 묻고
하늘로 벋는 뿌리를 그렸다
그건 너의 날개를 묻은 거야
향기를 가둔 거야
그가 말했다
흙의 향내를
그대가 모르는 것뿐이라
이르는 대신
좀 더 풍성한
어둠의 가지들을 벋게 했다
너의 혀를 생매장한 거야
그가 우겼다
바람이 지나가도
흔들릴 수 없을 거라 했다

그러나 실은
새 얘기를 하고 싶은 것 같았다
암흑의 둥지에서
노래하는 새가 없음을

그가 모르는
새가 있다
뜨거운 피에 굶주려
캄캄한 가지에서
펄떡이는 심장으로 날아가 꽂힐
그래, 피 없는 새

하지만 끝내 말하지 않겠다

어떤 하루

무엇도
기다리지 않고
무엇에도
사로잡히지 않은 채
홀로
하루를 보낸다
설레임 없이
울렁증 없이
슬픔 없이
그저 담배 한 개비를 피워 물 뿐이다
그런 마음이다
견디는 바 없이 보내는
이런 드문 하루는
가볍고 가볍다
내가 나에게 주는
선물
가을이
눈동자만큼 깊다
아침이었는데
벌써
저녁이다

하루살이들은 다 어디로 갔을까

'02. 진이바라

야생보호구역

나마스테
내 안의 황야에게
황야의 굶주린 맹수에게
맹수의 발톱에게
피 흘리는 옆구리에게
옆구리에서 자라나는 가시에게
가시뿐인 덤불에게
덤불을 키우는 바람에게
합장,

붉은 메아리

그녀는 어디로 갔나?

노래는 어디로 사라졌나?

만월의 밤, 그녀의 모닥불은 어디서 타고 있나?

내 잃어버린 뼈는 어디에 묻혀 있나?
그녀의 입속에 있나?

삼나무 고갱이 소리는 어느 숲을 울리고 있나?

죽은 이들의 머리칼로 묶은 빗자루는 어디를 쓸고 있나?

강 밑의 강을 헤엄치는 자는 누구인가?

늑대의 불과 젖은 누구를 먹이고 있나?
어느 뼈가 살 오르고 있나?

제왕나비를 머리에 꽂은 소녀는 어디에?
제왕의 갈기는 어디에?

붉은 메아리는 누가 먹어 버렸나?

내가 찾아 헤매는 흰 늑대는
늑대가 찾아 헤매는 나는 어디에 있나?

어디에?

태양춤

이곳을 지나려면
이목구비 지워야 합니다
뼈의 그물 거두어야 합니다
기름과 소음의 누더기 벗고
오체투지로 삼릉석 위를 기어갑니다
세상과 맞닿은 길 끊긴 곳
사막의 노을 속엔
접히지 않는 날개가 있습니다
죽음의 계곡 지나
어둠을 마시고 재에서 태어난 새
드넓은 깃털로
지평의 흙먼지 붉게 일으킵니다
불새가 부르는 침묵의 노래
온몸으로 그의 음보를 채보합니다
알몸으로 그어나가는 이
느린 궤적을
태양춤이라 불러 봅니다

'04 차영아

입술 없는 자의 팬 플루트

수장(水葬)된 자들 일어나 손 흔드는
신성리 갈대밭
된바람에 뺨 내맡긴 갈대들
서로가 서로를 쳐 모로 쓰러진다
그 사이로 우우우우우……
쓰러지기 전 간질 환자의 그것이듯
음울하고 깊은 신음 소리

어둡고 추운 강의실에서 치렀던
문서 관리 시험날
갈대처럼 여윈 그녀
거품 물며 쓰러지는 걸 보았지
그때 들었던 먼 곳의 팬 플루트 소리

지금 또 어디선가
입술 없는 사람이 팬 플루트를 부나 보다
갈대의 영혼이 우는 악기
반인반수 팬(pan)의 슬픈 전설이 흐른다
구멍마다 심장이 있는 듯 흐느끼는
반음계의 긴 독주(獨奏)
일몰 몰아오는 갈대밭에서
오래전에 죽은 한 사람을 생각한다

안개 마을

안개를 마신 자들의
눈동자
입, 코에서 안개가 흘러나온다

안개의 수심
안개의 취기
안개의 맛
안개와 미열은 같은 온도다

모자이크 처리되는 삶 같은 안개
안개는 슬픈 허밍처럼 떠돈다
안개의 족속들은 비밀이 양식이다
귓속말로도 나누어 먹지 않는다

당신은 안개 마을에 살고 있다
번지수 없는 마을
팔 뻗으면 닿을 듯 닿지 않는 거리에

안개 마을엔
곧은 길이 없다
지름길이 없다
가도 가도 다시 처음

당신에게 보낸 편지는
잉크가 번진 채 되돌아오곤 한다
분명 안개의 짓이다
당신에게 보낸 혀는
뭉텅뭉텅 잘라진다
안개가 삼켜 버린 말들의 무궁무진

미세 먼지 같은 안개 속에서 쿨룩거리는
외사랑

당신을 찾아가는 동안
뼛속까지 스미는 한기
아랫도리와 가슴이 차례로 지워진다

나는 끝없이 모호하다

11월

욕실 거울 속 알몸을 바라본다
익숙하고도 낯선 날것의 나

월석 떼어 낸 그믐달처럼 앙상한 몸피 붉은 모래바람 휘돌아나간 메마른 텃밭
공페이지뿐인 책 무엇이 어디로 빠져나갔기에 나는 이리도 가벼운가 빈 무게로
이리도 무거운가

강물도 야위는 상강 지나
나는 11월
11월은 편두통의 계절
계절 없는 계절
음지의 서어나무 겉날개도 사라지는 계절

그러나 아라파흐족*들은 말하지 '모든 것이 사라진 것은 아닌 달'이라고

열엿새 가장 밝은 달 아래
명왕성에 드리는 검은 미사인 듯 거울 바라보는 동안
거울에 비치는 죽은 자와 태어날 자들의 붉고 푸른 눈동자 거울이 뿜어내는
그들의 숨결, 수초처럼 젖은 그들의 머리카락, 그토록 무수한……

백회에 피뢰침을 꽂고 견뎌야 하는 이유

멘델의 12색상환 표를 보며 단풍과 혼인색의 채도를 맞춰 보는
나는 11월

*아메리카 인디언의 한 부족

겨울

이창분이 그리고
강기원이 쓰다

내 영혼의 개와 늑대의 시간

순종이 야성에게 악수를 청하는 어스름

창밖에서 창 안을 바라보며 공모자가 되는
파계 직전의 은수자 같은 자작나무들

가슴 속 날개만 있는 독수리들이
영혼의 산맥을 향해 설레는 날개를 들어 올리면

태어나기 이전의 달과 태양이 그 조도를 회복하고

죽은 조상과 태어나지 않은 후손들의 울부짖음이 후두 깊은 곳을 타고 올라온다

그 소리에 맞춰 영혼의 고관절이 풀리는 알몸의 춤사위 속에서

나는 나를 잊고

내 두개골은 들짐승의 바람으로 넘실거리기 시작한다

그러나 대지의 음경 같은 둔중한 추가 내 안에 있어
버짐처럼 번진 사막으로 머리채 끌고 가 내동댕이치는 깊은 밤

파르스름한 초승달의 칼 같은 눈초리 아래서

붉은 피가 검은 잉크로 변해 가는 것을 느끼며

나는 엎드려 끈적끈적한 뱃속의 잉크로

누군가의 목소리임이 분명한 침묵
그 야생의 우렁우렁함을
영원한 처녀인 모래 위에 베껴 쓴다

길모퉁이 그 집

아미오거리 모퉁이를 돌면 그 집이 있다
붕장어의 눈을 가진 그녀
동공 없이 허공을 바라본다
뿌연 유리창에 물곰팡이처럼 엉기는 저녁 안개

목이 자꾸 길어져 외로 꼬이고 그녀는
점차 희미해져가는 새벽달을 바라본다
어디선가 들려오는 낮은 목소리
움직임 없던 그녀, 끊이지 않는 이명
소리 없는 소리 따라 무초(蕪草)처럼 느리게 일어나
창틀 위에 올라선다

허공에 출렁이며 흩어지는 머리 타래
창밖은 안개 걷힌 아침
겨울의 푸른 햇살이 부서져 내리고 있다

자작나무, 골고다

일몰을 일출로 바꾼 자를 아느냐

수직 하나만으로 십자가를 이루는
기이한 기하학을 아느냐

이승과 저승의 경계에 선 자
언제나 찬 새벽인 자

한 치의 기울기도 허용치 않는
백악기의 등뼈 곁에서
기우뚱한 척추를 꼿꼿이 해 본다

그레고리오 성가는 청중이 없는 노래
시작도 끝도 없는 노래
뼛속으로 스미는
바람의 그레고리오 성가

말을 잃고 시간이 사라지는 하늘내린터, 그 언덕에 서서

눈 감고, 귀 막고
본다, 듣는다
가슴 속의 골고다, 골고다

제 몸의 기름으로
서녘 하늘 태우는 자작

죄는 뼈 아닌 살의 소관이어서 기어코
살점 벗어 버린 채
백골의 그가 기다린다

나는 그를 나무라 부르고 그는 나, 無라 이른다

바람 부는 겨울 저녁
집을 나선다
주위가 잠시 밝아지는 듯하여
시계를 본다 하지만
어둠은 갑자기 몰려들 것이다
운명하기 며칠 전 돌아오는
和色 따위의 것
바람 몹시 불어
큰 나무 아래로 간다
눈을 감으니
아득한 곳에서 울려오는 종소리
나무가 떨구는 나뭇잎들이
내 몸에 와 고스란히 박힌다
석양에 등 대고 선 나무의 수많은 잎들
그런 날이 있었을 테지만
지금은 앙상한 가지뿐이다

퍼스나

강기원이 쓰고
이창분이 그리다

얼굴

얼굴을 그린다

도려 낸다

눈동자 잘라 내고

코 떼어 내고

말하고 싶은 입은 더욱 크게 깊이 파낸다

짝짝이었던 두 귀도

구도를 위해 없앤다

얼굴이 완성되었다

연애에 대한 기억

나는 공간 감각이 없었구요
그 앤 평형 감각이 없었어요

우린 약속을 했지만

그 앤 내게로 오는 동안
자주 멀미를 일으켰고
난 그 애에게 가는 동안
자주 길을 잃었어요

....

그 앤 평형 감각이 없었구요
내겐 공간 감각이 없었어요

우린 여전히 오고 가는 길 위에 있어요

눈 뜬 술래들처럼

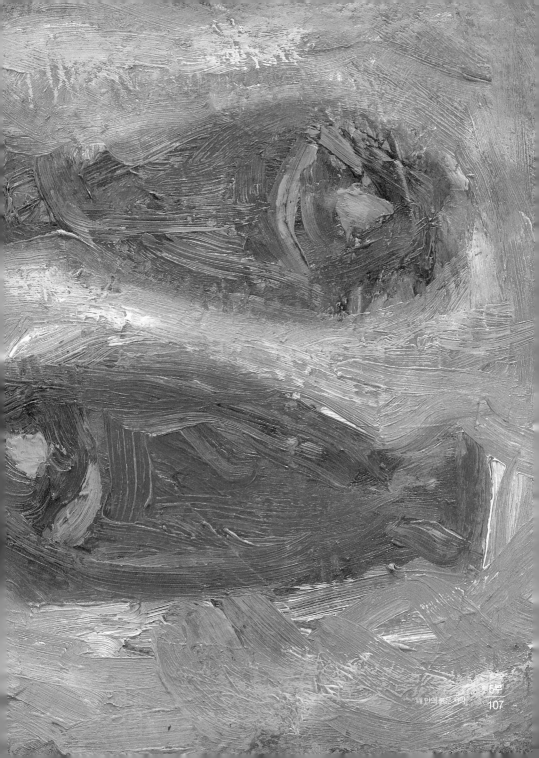

데자뷰

그를 본 순간,
사라지는 거리의 소음
속도감 없이 빠져드는
아득함
백 년에 한 번 쓸린
비단에 돌산이 닿는다는
겁(劫)의 한가운데
함께였던 생생함

        그런 골목이 있었지
        풍경이 탈색되는
        적요의 대낮
        어린 내가 튀어나오던
        깊은 모서리

우리는 뚫어지게 응시한다, 서로의
눈부처 속에서
나인 너를
너인 나를
오래고 짧은 찰나(刹那)

그리고는……
다른 방향에서 다가오는
각자의 연인을 향해
등을 돌렸네
한 번의
뒤돌아봄도 없이

흑묘

난 점이에요
원이구요
달이 가득하면 커지고
기울면 작아지죠
무엇으로든 변할 수 있지만
어느 것도 나는 아니에요
내 놀이터는 무덤
당신에게 길들여지지 않는 나는
잠을 찾아 묘지로 갑니다

떠난 자들로 가득 차 있는 곳

산 자와 죽은 자 사이를 나는
가볍게 옮겨 다녀요

길고양이

내 이름은 달
아니 고양이
달인 고양이
고양이인 달
서기 어린 달빛과 내 푸른 눈빛은
한 뿌리
난 누구에게도 길들여지지 않는다
무리 짓지 않는다, 어떤 순간에도
고독이라는 오만한 벗이 있을 뿐
초승에서 보름 사이
이승과 저승 사이를
가볍게 넘나드는
자재로운 변신의 귀재
무어든 고요히 빨아들인다
빨아들여 야생의 피를 채운다
내 안엔
순진무구의 아이에서
타락한 천사까지 숨 쉬고 있다
어둠이 날 낳았는지
나로 하여 깊은 어둠이 생겼는지
그건 알 수 없다
밤의 복화술사일 뿐
어느덧 새벽의 비린내가 끼쳐 온다
태양의 양수 냄새
의기양양한 아침이 성큼 다가와
날 지워 버린다 해도
기억하라
나의 수수께끼는 끝까지 밝혀지지 않으리니

가면

내 뒤통수에 달려 있는
네 얼굴
내가 앞을 볼 때
넌 뒤 보고
앞이라 하지
안개로 말문 트는
새벽 숲 걸으며
넌 해가 진다고 해
내일을 얘기하면
인화된 사진 같은
어제를 말하고
가랑이 사이에 머리 넣고
하늘이 호수 되었다 하니
호수가 하늘 된 거라며 웃는다
내가 그림자 지우며 갈 때
더 긴 그림자 끌고 오는 너
그는 나더러 너라 한다

블랙

어림없지

내게로 오는 것

다가와 내 문을 여는 것

들어와 겹겹의 방을 지나는 것

숨겨진 서랍을 찾아내는 것

몸보다 무거운 자물쇠 쥐어 보는 것

요철 무늬 네 몸에 새겨 열쇠가 되는 것

어쩌다 맞물린 네가 날 풀었다 믿는 것

캄캄해, 캄캄해 열어젖힌 내 안에

수없는 내가 있는 것

마트로쉬까처럼 그게 다 껍질뿐인 거

마침내 알아내는 것

어림없지

어림도 없지

에필로그

[시인의 말]

창분에게

"그녀의 그림은 글자 없이 읽을 수 있는 詩이고, 소리 없이 들을 수 있는 음악이다. 아무 말도 않음으로써 심연의 말을 하는 그림. 해서, 이름 없는 신이 모든 것의 이름이 될 수 있듯이 그녀의 그림 속엔 뭐라 호명할 수 없는 것들의 고요한 숨결이 그득히, 그윽히 스며들어 있다."

언젠가 너의 전시회를 다녀온 후 메모 해둔 글이야.

우린 13살에 처음 만났지. 찬란하면서도 차가운 햇살이 퍼지던 봄날의 교정. 우린 한 번도 같은 반인 적이 없었지만, 그래서 긴 얘기도 나눈 적이 없었지만(게다가 너는 미술반, 나는 문학반) 가끔씩 마주칠 때마다 피어나던 너의 환한 미소가 마음에 남곤 했단다. 환한 웃음 뒤의 쓸쓸함이, 왠지 모를 아픔이… 그 당시의 내가 그랬듯이 반은 춥고 반은 따스한 이율배반의, 그러나 화사한 봄날처럼. 삼십여 년의 시간이 흐른 후, 시인과 화가가 되어 우리가 다시 만나게 되었을 때, 너는 여전히 그때의 그 미소를 잃지 않고 있었지. 우리 시와 그림의 자산과 원천은 어쩌면 그때 그 미소인지도 모르겠다는 생각이 든다. 우리가 서로의 비밀 곳간 열쇠를 나눠 가지게 된 연유도….

그 후로 더 많은 시간이 흘러 이제야 우리의 오랜 우정과 사랑을 한 권의 책으로 엮는구나. 너의 그림을 보며 떠올렸던 시편들, 네가 내 시를 읽으며 떠올렸던 그림들의 행복한 랑데부….

너의 영원한 벗
기원

[화가의 말]

기원에게

아주 오래 전 우리가 어린 소녀였을 때, 그 때도 너는 글을 썼고, 나는 그림을 그렸지. 그리고 한참의 시간이 흐른 후 우리는 시와 그림이라는 각자의 목소리와 색깔을 지닌 채 한 자리에서 만났어.

너는 내 그림을 보고 색과 형상으로 쓴 시라 했고, 나는 너의 시를 언어로 그린 그림이라 생각했지.

그림과 시가 서로를 알아보는 건 우리가 서로를 알아보는 것과도 같았어.

너의 시가 내 그림 곁으로 다가온 후, 나의 그림은 애초의 색깔에 조금 더 빛나거나 좀 더 깊은, 때로는 더욱 아픈 정서들이 스며들었지. 다시 한 번의 탄생을 겪듯이….

너의 시 곁에 내 그림을 놓아둠으로써 너의 시에도 조금 더 깊고 풍부한 색상이 스며들기를, 그래서 또 한 번의 새로운 탄생이 이루어질 수 있기를 꿈꾸어 본다.

같은 듯 다른 서로의 아이들이 만나 어우러져 또 다른 목소리와 색채를 지닌 꽃을 피워내듯이… 우정이라는 포근한 대지 위에서….

너의 영원한 벗
창분

Supplement 부록

내 안의 붉은 사막

1판 1쇄 인쇄 2017년 9월 16일
1판 1쇄 발행 2017년 9월 30일

지은이   시. 강기원 / 그림. 이창분
발행인   윤미소
발행처   (주)달아실출판사

기획   박제영
편집/디자인 (주)디자인패러다임 T. 02-3141-0706
마케팅   배상휘

주소   강원도 춘천시 서부대성로 48번길 12, 2층
전화   033-241-7661
팩스   033-241-7662
이메일   dalasilmoongo@naver.com
출판등록   2016년 12월 30일 제494호

ⓒ 강기원, 이창분, 2017

ISBN 979-11-960231-7-1 03810